Le voyag

Une histoire écrite par
Katia Canciani

et illustrée par
Leanne Franson

LONDON PUBLIC LIBRARY
WITHDRAWN

À ma fille Florence et à mon frère Christian, deux passionnés.

Katia

À mon fils Taotao et son pays natal, la Chine.

Leanne

LONDON PUBLIC LIBRARY

Cheval masqué
Au galop

Catalogage avant publication de Bibliothèque et Archives nationales du Québec
et Bibliothèque et Archives Canada

Canciani, Katia, 1971-

Le voyage en Chine

(Cheval masqué. Au galop)
Pour enfants de 6 ans et plus.

ISBN 978-2-89579-637-4

I. Franson, Leanne. II. Titre. III. Collection : Cheval masqué. Au galop.

PS8605.A57V69 2015   jC843'.6   C2014-941504-4
PS9605.A57V69 2015

Dépôt légal – Bibliothèque et Archives nationales du Québec, 2015
Bibliothèque et Archives Canada, 2015

Direction éditoriale : Thomas Campbell, Gilda Routy
Révision : Sophie Sainte-Marie
Mise en pages : Janou-Ève LeGuerrier

© Bayard Canada Livres inc. 2015

Nous reconnaissons l'aide financière du gouvernement du Canada
par l'entremise du Fonds du livre du Canada (FLC) pour des activités
de développement de notre entreprise.

Conseil des Arts   **Canada Council**
du Canada   for the Arts

Bayard Canada Livres inc. remercie le Conseil des Arts du Canada du soutien
accordé à son programme d'édition dans le cadre du Programme des subventions
globales aux éditeurs.

Cet ouvrage a été publié avec le soutien de la SODEC. Gouvernement du Québec –
Programme de crédit d'impôt pour l'édition de livres – Gestion SODEC.

Bayard Canada Livres
4475, rue Frontenac, Montréal (Québec) H2H 2S2
Téléphone : 514 844-2111 ou 1 866 844-2111
edition@bayardcanada.com
bayardlivres.ca

Imprimé au Canada

Offert en version numérique
» 978-2-89579-949-8
numérique   bayardlivres.ca

CHAPITRE 1

Si j'étais riche...

Florence s'était ennuyée toute la journée. Le souper était presque terminé en ce beau jour d'été lorsqu'elle déclara:

— Si j'étais riche, j'irais en Chine.

— Mais tu es riche, ma petite cacahuète, répondit son père.

Il avala une cuillérée de sa soupe au tofu.

— Assez pour aller en Chine? demanda Florence.

— Ah, non! Malheureusement... Toi, tu es riche de ta santé, de ton...

— Oui, oui... l'interrompit Florence.

Elle déposa ses baguettes à côté de son bol de riz, prit son hérisson qui s'était endormi sur ses cuisses et se leva de table.

— J'aurais préféré que maman et toi m'appeliez Fleur-de-Lotus. Ça aurait été beaucoup plus joli que Florence.

— Ah! j'avais bien dit à ta mère qu'on aurait dû choisir un prénom plus original!

Son père ôta ses pieds de la table. Il avait fini de manger.

— Tu viens en patins à roues alignées avec moi? demanda-t-il.

— C'est gentil, mais je vais plutôt faire un peu de taï-chi dans la cour.

Florence n'aimait pas patiner avec son père. Il patinait à reculons. Tout le monde s'arrêtait pour les regarder passer!

Pendant son taï-chi, Florence laissait toujours aller son imagination. Au bout d'une dizaine de minutes, elle eut une super idée. Elle termina son mouvement en vitesse, puis elle courut dans sa chambre.

Elle prit un tas de papiers. Elle dessina jusqu'à ce que le résultat corresponde à ce qu'elle avait imaginé. Sa pagode était magnifique!

Florence déposa son dessin sur le couvercle de la toilette. C'était l'endroit parfait! Après le patin, son père allait toujours à la salle de bain.

Couchée sur son lit, Florence caressait distraitement son hérisson. Le coquin s'amusait à se faufiler entre les coussins.

— J'espère que papa comprendra le message, Wèi-Wèi*. J'aimerais tellement avoir une petite pagode pour jouer avec mes poupées.

* Wèi signifie « hérisson » en mandarin.

Au décès de sa maman, Florence avait hérité de sa magnifique collection de poupées chinoises.

Wèi-Wèi se colla au creux de son cou.

— Crois-tu que je pourrais amasser assez d'argent pour aller en Chine ? lui demanda-t-elle en bâillant.

Le hérisson remua son museau humide. Florence s'endormit peu après.

CHAPITRE 2

La pagode

Le lendemain matin, Florence vérifia dans la cuisine, dans le salon et dans la salle de bain. Il n'y avait aucune trace de pagode. «Poil de panda et sauce soya!» pensa-t-elle en soupirant. À quoi cela servait-il d'avoir un papa s'il ne pouvait pas lui construire une maison de poupées?

Florence se traîna, en pantoufles, jusque sur la terrasse. Quand elle était déçue, elle adorait regarder les nénuphars sur le petit étang que son père avait aménagé dans leur ancienne baignoire à pattes. Cependant, avant même d'y arriver, elle s'écria :

— Oh! miracle des mille lanternes!

Sur le gazon, devant la maison, une extraordinaire pagode avait poussé durant la nuit. Elle était pareille à celle de son dessin, mais mille fois plus grande! Pour une fois, l'originalité de son père ne la dérangeait pas du tout.

Florence fit le tour de la pagode. Une nouvelle idée germa dans son esprit.

«Cette pagode est tellement grande que je pourrais m'en servir comme kiosque... y vendre des choses... et accumuler de l'argent pour... ALLER EN CHINE!»

Florence rentra dans la maison pour remercier son papa. Elle le trouva endormi dans son atelier. Un seau de peinture jaune lui servait d'oreiller. Elle lui donna un bisou sur la joue et elle s'éclipsa sans bruit. Un papa artiste et bricoleur, ça méritait un bon sommeil.

Florence devait maintenant trouver quelque chose à vendre. Toute la matinée, elle fabriqua de petits parapluies chinois.

Vers midi, la jeune vendeuse était prête. Elle ouvrit son kiosque.La garderie du coin vint le voir. Florence était contente. Tout le monde regarda. Personne ne toucha. Personne n'acheta et... tout le monde repartit!

Alors que tous s'éloignaient, la fillette leur dit:

— Je vous offre un rabais!

Mais personne ne fit demi-tour.

Un peu plus tard, une éducatrice de la garderie revint. Elle acheta tous les parapluies en expliquant:

— Les enfants préparent une salade de fruits pour la collation. C'est la décoration parfaite.

Florence sourit.

— Revenez demain, lui dit-elle. J'aurai une autre surprise.

— Tu amasses de l'argent pour un projet? demanda l'éducatrice.

— Oui, pour aller en Chine! déclara fièrement Florence.

CHAPITRE 3

Revenez demain!

Le lendemain, des amis de son école se présentèrent au kiosque.

Un garçon demanda :

— As-tu encore des parapluies ?

Florence répondit :

— Non. Aujourd'hui, j'ai du thé glacé. C'est vingt-cinq sous le verre.

— Tu n'aurais pas de la limonade ? dit une toute petite fille.

Florence expliqua :

— Le thé vert, c'est meilleur pour la santé. Veux-tu essayer ?

Ses amis burent chacun deux verres avant de repartir.

— Revenez demain, proposa Florence.

La pagode-kiosque devint vite l'attraction du quartier. Le lundi, les enfants pouvaient y caresser Wèi-Wèi. Le mardi, Florence donnait des cours de taï-chi. Le mercredi, on y apprenait à utiliser des baguettes. Le jeudi, c'était le jour des origamis.

— Les origamis, ce n'est pas chinois, expliqua Florence. C'est japonais, mais c'est pour une bonne cause.

Personne ne voyait la différence.

Le vendredi, Florence organisait des bricolages.

Après un mois, cependant, Florence eut le goût de faire autre chose.

— Wèi-Wèi, je dois trouver une nouvelle idée, dit-elle à son hérisson en lui chatouillant le ventre.

Le lundi suivant, Florence posa une affiche sur son kiosque : *Fin des activités*. En dessous, la fillette avait écrit :

Besoin
d'aide ?
Demandez ici !

Bien vite, les voisins se pressèrent à la porte de la pagode. Il fallait aller chercher le journal tous les matins pour monsieur Riccio. Il fallait enlever les fleurs mortes dans les plates-bandes de madame Silili. Il fallait arroser le potager de madame Jez. Monsieur Igel voulait que Florence lave son autocaravane. Jérémy étant trop occupé avec ses jeux vidéo, il avait besoin de quelqu'un pour promener son lapin...

Florence n'arrêtait pas une minute.

CHAPITRE 4

Une grosse somme

Par un beau matin ensoleillé, Florence ouvrit les fenêtres de sa pagode. Arnaud passa en vélo. Il cria :

— Tu n'es même pas chinoise.

La petite fille ne supportait pas les insultes. Elle répliqua :

— Ça veut dire quoi, être chinoise ?

Le garçon fit demi-tour. Il s'arrêta sur le trottoir.

— Eh bien, tu n'as pas l'air d'une Chinoise, expliqua-t-il.

La fillette le regarda avec de gros yeux :

— Quand même un peu ! Ma mère l'était !

Arnaud continua :

— Mais toi, tu n'es pas née en Chine.

Florence secoua la tête :

— Myriam est bien née au Mexique et elle est québécoise, non ? Je peux très bien être née au Québec et être chinoise !

Arnaud commençait à être mêlé. Il répondit :

— Mais Myriam vit au Québec. Toi, tu ne vis pas en Chine...

— Là, tu as raison ! répliqua Florence. C'est justement pour ça que je veux y aller !

Le garçon ne savait plus quoi dire. Florence en profita :

— Alors, veux-tu acheter un petit biscuit chinois?

Arnaud sortit une pièce de sa poche. Il pigea un biscuit dans le pot et il le cassa en deux. Il lut le message à voix haute:

— *L'imagination, c'est excellent pour la santé.*

Il réfléchit, puis ajouta:

— C'est vraiment stupide.

La fillette sourit.

— C'est ça, les biscuits chinois… Achètes-en un autre. On ne sait jamais!

Arnaud lui donna vingt-cinq sous de plus.

— C'est seulement parce qu'ils sont bons, expliqua-t-il.

Il lut le message à voix basse et il repartit, l'air fâché. Florence ramassa le papier par terre. Le message disait: *Attention aux accidents!*

Les jours suivants, les enfants firent la file devant le kiosque. Ils voulaient tous acheter des biscuits. Florence était ravie.

Arnaud revint.

— Tu as changé de vélo? lui demanda Florence.

— Mon père a reculé sur l'autre avec l'auto, marmonna le garçon.

La petite fille repensa au message.

— Heureusement que tu n'étais pas dessus! dit-elle.

Quand il ne resta plus qu'un biscuit, Florence ferma le kiosque.

— Celui-là est pour moi!

C'est l'heure des comptes, disait le message.

La fillette roulait ses sous depuis des heures.

Florence replaça pour la vingtième fois son hérisson sur son coussin.

— Wèi-Wèi, arrête de grignoter mes rouleaux.

Quand elle eut terminé, elle fit le total de l'argent qu'elle avait amassé.

— Bouddha de bois! s'exclama-t-elle en voyant la somme. Je suis riche!

Heureuse, elle s'amusa à construire une pagode avec ses rouleaux. Juste avant de s'endormir, elle murmura:

— Wèi-Wèi, demain, c'est le grand jour! Nous achèterons des billets à l'agence de voyages.

CHAPITRE 5

À l'agence

Florence mit sa plus belle robe et plaça son argent dans son sac à dos. Puis elle demanda à son père de l'emmener à l'agence de voyages.

— Tu ne me dis pas pourquoi? bougonna-t-il en souriant.

Joyeuse, Florence lui répéta:

— C'est une surprise!

Son papa n'ayant pas d'auto, ils partirent en tandem*. Quinze minutes plus tard, il déposa Florence à l'agence de voyages, comme s'il avait été un chauffeur de taxi.

Lorsque l'agente vit Florence entrer, elle demanda :

— Puis-je t'aider ?

* Vélo à deux sièges.

— C'est pour un voyage en Chine, répondit Florence en posant son lourd sac par terre.

La femme dévisagea la fillette :

— Tu cherches le restaurant chinois, peut-être ?

Florence répliqua :

— J'ai parlé d'un voyage, pas d'un restaurant.

Le père de Florence arriva au même moment.

— Désolé pour le retard. J'ai eu de la difficulté à garer le tandem.

L'agente sembla un peu rassurée. Elle dit :

— Revenons à...

— ... notre voyage en Chine, compléta Florence avec un immense sourire.

Son papa la regarda avec surprise.

La femme les invita à s'asseoir et elle leur présenta les brochures.

La petite fille et son père admirèrent les photos.

— J'ai ici une excursion à la Grande Muraille de Chine. Une semaine : nourris, logés… continua l'agente.

— Le logement, c'est un cinq étoiles ? demanda le père de Florence.

L'agente répondit:

— Euh, non… Une seule…

— Ah! bien, dit le papa. C'est donc moins cher...

— Et le prix, s'il vous plaît? s'informa Florence.

— L'excursion « Muraille de Chine » coûte à peu près cinq mille.

Florence prit un air sérieux:

— Excellent.

Son père se leva, pressé de partir. Florence lui chuchota:

— Cinq mille yuans, ça fait environ neuf cents dollars. Tu ne me croiras pas, mais, avec les sous que j'ai amassés, ça nous laisse même de l'argent de poche pour des souvenirs!

Elle poursuivit en s'adressant à la femme :

— C'est le prix pour les deux, bien sûr...

L'agente s'exclama :

— Non ! Par personne !

— Pardon, vous devez avoir mal calculé. Cinq mille yuans par personne ? s'étonna la fillette.

— Oui ! Et le prix n'est pas en yuans, mais en dollars ! dit l'agente.

Florence, sous le choc, en tomba de sa chaise.

CHAPITRE 6

Le grand vide

Au retour, le père de Florence fut obligé d'asseoir sa fille sur le guidon du tandem. Quand ils furent arrivés à la maison, il la porta jusqu'à son lit. Wèi-Wèi vint la rejoindre. Mais Florence était inconsolable :

— Je n'irai jamais en Chine, papa.

Elle regarda la photo de sa maman, sur sa table de chevet. À côté, elle avait mis la photo de Li, sa tante préférée.

Son père lui caressa les cheveux :

— Tu as travaillé fort. C'est vraiment décevant, dit-il doucement.

— Il n'y a donc que les riches qui peuvent aller en Chine ? demanda la fillette.

— Ma petite pinotte, murmura son père. Si je le pouvais, je t'y emmènerais. Sur mon vélo! Je pédalerais pendant des mois.

Malgré tous ses efforts, son père ne réussit pas à la réconforter.

Au souper, Florence avala sans un mot le bol de nouilles aux anchois et aux pissenlits que son père avait cuisinées. Florence n'avait plus le goût de rien.

— C'est trop injuste, répétait-elle.

Après le repas, Florence n'alla pas faire de taï-chi. Elle ne ferma pas les fenêtres de sa pagode et elle ne joua même pas avec Wèi-Wèi.

Florence était à court d'idées... Dans sa tête, c'était le vide, le très grand vide.

CHAPITRE 7

En tandem

Au petit matin, Florence fut réveillée par un bruit fort. La pagode de sous venait de s'écrouler. Florence sauta de son lit. Elle hurla :

— Wèi-Wèi !

Le hérisson était pris sous les rouleaux de sous. La petite le dégagea en vitesse.

— Ça va ? demanda-t-elle.

Florence examina son ami. Il se roula en boule. Il avait peur d'être grondé.

— Ce n'est rien, Wèi-Wèi. L'important, c'est que tu ne sois pas blessé. Ce n'est qu'un gros tas de sous inutiles.

En caressant son hérisson, Florence commença à retrouver son imagination.

— Oui! C'est ça! s'écria-t-elle au bout d'un moment.

Florence courut réveiller son père.

— Papa, tu as dit que tu pédalerais pendant des mois pour aller en Chine. Tu serais alors capable de le faire pendant quelques heures... Sors du lit! Je sais où on va!

Peu après, Florence et son père étaient en route. La fillette avait ficelé sa petite valise vide sur le porte-bagages du tandem et elle avait glissé Wèi-Wèi dans la poche de son sac à dos.

CHAPITRE 8

Le voyage

Florence était occupée à vérifier la route sur sa carte.

— Prends à gauche, papa!

Elle ne pédalait presque pas. Elle dit:

— Maintenant, à droite!

Le père de Florence était un super cycliste. Même dans la grande ville, aucune voiture ne lui faisait peur.

Soudain, la fillette s'écria:

— On y est!

Florence et son père passèrent la magnifique porte ornée de dragons du quartier chinois. Ils poussèrent des cris de joie.

— Regarde l'écriture dans la vitrine du restaurant, lança son père.

La fillette essayait de tout voir. Partout, tout était chinois. Exactement comme le lui avait raconté sa tante Li.

Florence et son père commencèrent par aller faire un tour au marché. Les tables étaient recouvertes de drôles de fruits et légumes. Son papa ne les connaissait même pas tous! Un marchand leur tendit un litchi:

— Goûtez, c'est un fruit chinois!

— Mmm... délicieux! commenta Florence.

Pour le dîner, les deux cyclistes se rendirent dans un parc du quartier. Dans la fontaine, un dragon crachait de l'eau.

— C'est génial de piqueniquer dans un jardin chinois, soupira la voyageuse.

Son père avait la bouche pleine de dessert :

— C'est un régal, surtout. J'adore cette pâte au sucre et aux arachides. De la barbe de dragon! C'est original!

À côté d'eux, un groupe faisait du taï-chi.

— Pendant que tu dégustes, je vais faire un peu d'exercice, lança Florence avec enthousiasme.

En après-midi, les deux voyageurs allèrent voir un film d'arts martiaux.

Quand les acteurs se mirent à parler en mandarin, Florence demanda à son papa:

— Comprends-tu quelque chose, toi?

— Absolument rien!

Ils trouvèrent le film encore plus drôle!

À la sortie du cinéma, un vieil homme était assis à une petite table. Florence le regarda travailler. Il demanda à la fillette :

— Voulez-vous votre nom sur un grain de riz, mademoiselle ?

Le père de Florence répondit à sa place :

— Oui. Elle s'appelle... Fleur-de-Lotus !

— Lián Huā... Joli prénom. Vos parents ont bon goût, ajouta le vieil homme.

Florence sourit.

CHAPITRE 9

Riche de...

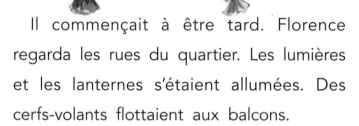

Il commençait à être tard. Florence regarda les rues du quartier. Les lumières et les lanternes s'étaient allumées. Des cerfs-volants flottaient aux balcons.

— Papa, il faudrait retourner à la maison...

— J'attendais que tu donnes le signal, ma petite arachide. Mais avant, on entre ici, dit-il.

Florence le suivit dans une boutique. Quelques minutes après, elle en ressortit avec un magnifique pyjama en satin.

La voyageuse rangea précieusement son pyjama et son grain de riz dans sa valise.

— Cette valise, expliqua-t-elle, c'était justement pour mes souvenirs. Surtout pour ceux dans ma tête. Chaque fois que je l'ouvrirai, je repenserai à mon voyage.

Sur la route du retour, Florence était fatiguée. Elle pédalait quand même avec entrain.

— Sais-tu quoi, papa ? Ce n'était vraiment pas cher, ce voyage-là. On va pouvoir se rendre en Chine tous les mois !

— En hiver, il faudra mettre des pneus à crampons à notre tandem. Mais si tu veux, je suis d'accord, répondit-il.

Florence rêvait déjà à la prochaine fois. Elle réfléchit à voix haute :

— Et puis on pourrait demander à tante Li de nous accompagner...

— Bonne idée! On ne la voit pas assez souvent.

De retour à la maison, Wèi-Wèi fut heureux de retrouver son coussin.

— Finalement, c'est vrai que je suis riche, dit Florence à son papa.

Elle l'embrassa bien fort pour la nuit. En fermant les yeux, elle ajouta :

— Je suis riche de mon imagination...

Mon frère Mañuel

Marie-Christine Hendrickx
ill. **Julien Castanié**

Qui est cet étranger qui a passé la nuit dans leur voiture ? D'où vient-il avec son drôle d'accent ? Antoine se pose bien des questions sur Mañuel. Quand sa famille lui offre l'hospitalité et un travail à la ferme, la complicité s'installe peu à peu entre lui et le visiteur costaricain.

La grotte de la déesse

Nancy Montour
ill. **Jared Karnas**

Josh rêve de descendre sous terre pour explorer des grottes. Un matin, en cachette, il suit son père dans sa nouvelle expédition. Ensemble, ils vivront une incroyable aventure sur la piste d'une ancienne légende.